U0065880

哇，倉頡爺爺的造字園耶！
咦？倉頡不在。
造字園

形聲花園
形聲花園？我們進去看看！
這裡是動物園？還是植物園啊？
禽犬
草字庭
木字園
虫洞
魚字塘

鳥字籠？看看裡頭有什麼？
別開！
啪！
啪！
啪！

快快！在倉頡回來前，把牠們抓回來！
哇哇哇哇哇

鴨
鵝
鴛鴦
鸕鷀
乖乖，來！來！來——
回來！回來！
鷓鴣
鳩

天地乾坤、字靈現身——定！
鴉
鷓鴣
鷺鷥
鵬
鷺
喂喂，你們在抓寶可夢啊？還不準備一下，故事要開始啦！
是是！馬上來……
編輯

國家圖書館出版品預行編目資料

火神的進擊/林世仁文；吳雅怡（Asta Wu）繪. -- 第一版. -- 臺北市：親子天下股份有限公司, 2021.09
面；　公分. --（字的傳奇系列；2）
注音版
ISBN 978-626-305-064-8(平裝)
863.596　　110011531

字的傳奇 02

火神的進擊

作者｜林世仁
繪者｜ Asta Wu（本名：吳雅怡）

責任編輯｜陳毓書
特約編輯｜廖之瑋
內頁排版｜林晴子
封面設計｜黃育蘋

天下雜誌群創辦人｜殷允芃
董事長兼執行長｜何琦瑜
媒體暨產品事業群
總經理｜游玉雪
副總經理｜林彥傑
總編輯｜林欣靜
行銷總監｜林育菁
副總監｜蔡忠琦
版權主任｜何晨瑋、黃微真

出版者｜親子天下股份有限公司
地址｜台北市 104 建國北路一段 96 號 4 樓
電話｜（02）2509-2800　傳真｜（02）2509-2462
網址｜ www.parenting.com.tw
讀者服務專線｜（02）2662-0332　週一～週五：09:00~17:30
傳真｜（02）2662-6048　客服信箱｜ parenting@cw.com.tw
法律顧問｜台英國際商務法律事務所・羅明通律師
製版印刷｜中原造像股份有限公司
總經銷｜大和圖書有限公司　電話：（02）8990-2588

出版日期｜ 2021 年 9 月第一版第一次印行
2024 年 8 月第一版第八次印行
定價｜ 280 元
書號｜ BKKCA010P
ISBN ｜ 978-626-305-064-8（平裝）

字的傳奇 2

火神的進擊

文 林世仁 圖 Asta Wu

親子天下 Education · Parenting Family Lifestyle

目錄

1 炮竹一聲天下響

我在賴床。

門外一陣炮竹響，傳來苞苞俠的歌聲：

「霹哩啪！啪啦霹！

元宵節，喜洋洋！

炮竹一聲天下響，沖天炮仗比瘋狂。

誰家大炮響不停？誰家天空如雷響？」

歌聲剛結束，「咚！」一聲，我的床頭前

多了一個禮物。

我跳起床，對芭芭俠拱拱手。「元宵節快樂！人來就是禮，怎麼還帶禮物？」

「這是掛在您家門口的，我只是幫您拿進來。」他賊賊笑著，示意我拆開來。

我拿起禮物，讚美了一聲：「包裝得真美！」

外層紙拆開，咦，裡頭還有一層？

拆啊拆，拆到最後一層，「碰！」蹦出一團火。

「哇唔！」我側身一閃，眉毛差點被燒掉。

「哈哈哈，原來您也會嚇一跳！」苞苞俠笑彎了腰。

「嘿，元宵節，誰跟我惡作劇？」我想不明白。

「不是跟您，」苞苞俠說：「是跟所有人！元宵節，人人都收到這一份驚嚇小禮。」

「人人有獎？」我一伸手，抓住空中那把火。再攤開來，咦，竟然消失不見。

「有趣。」我看著空空的手掌沉思。

「還有更有趣的呢！」苞苞俠推了我一把，「別賴床，我們去走春！」

街道上，家家戶戶大門緊閉，炮竹聲此起彼落。

一個老人探出頭，破口大罵：

「大中午的，誰在放鞭炮？」

「沒人放鞭炮，您看仔細了！」芭芭俠指著一根炮竹。

老人揉揉眼睛，嚇得一下縮回屋子裡。

「霹哩啪！霹哩啦！」那根炮竹跳來跳去，竟然自己響個不停。

四下看去，所有炮竹都在霹啪亂跳，霹啪亂響。

「妙哉！妙哉！」我拍手叫好，「炮竹自己在逛大街！」

炮竹在地上亂竄，有急事趕路的行人各個東閃西躲，好像在跳街舞。

「還有更精彩的喲！」苞苞俠招來風，我們一下子來到古炮臺。

「轟隆隆！轟隆隆！」

「您瞧，晴天也打雷呢！」苞苞俠說。

「想騙我？」我敲他一個腦袋瓜。

古炮無人自響，炮聲隆隆！好像在唱歌。

「竹炮響，大炮也響，你猜哪個字妖在作怪？」我考苞苞俠。

「簡單！」苞苞俠舉起手，「是炮字妖！炮字妖——請現身！」

一聲炮響，炮字妖在半空中現出原形。

抱神1號（出現在《字的傳奇1：馴字師捉妖去》）

「哇，你把他請出來了！」我誇芭芭俠，「現在，你要怎麼馴服他？」

「簡單，看我把他變成『抱神』二號！」芭芭俠一說完便張開雙手，想送對方一個大擁抱。

「小心！」我連忙打出一掌，震開芭芭俠。

「轟隆！」炮字妖打出的大炮，差一點就擊中他。

「哇唔，這麼凶？」苞苞俠嚇一跳，趕緊躲到雲後頭。

炮字妖聲音如雷響：「來者何人？」

「無名無姓，馴字師就是在下鄙人我。」我拱拱手，一彎腰。「元宵節快樂！」

「不快樂！不快樂！」炮字妖生氣大叫：「人人都有家，就我沒有。不公平！不公平！馴字師？哼，看你怎麼馴服我？」轟轟轟！十幾個火炮接連朝我打來。

我一邊閃躲一邊想：是啊，要怎麼馴服他呢？

「天地乾坤，字靈現身——變！」

我把他的火字旁震掉，換上石字邊，變成砲。

「碰！碰！碰！」砲字妖接連丟出好幾顆石砲。

哎呀！石砲雖然比火炮差一點，一樣會傷人！

「天地乾坤，字靈現身——變！」

我連忙給他換上足字邊，讓他跑不停。

沒有用，他雙腳狂奔，沒多久就繞了地球一圈回來。只見他全身熱騰騰，「轟！」一聲又變回炮字妖。

我再施法，換上水字邊，把他投進水裡去泡澡，冷靜冷靜。

沒有用，河水開始滾燙冒煙……沒多久，「轟！」一聲，他又變回了炮字妖。

十來發火炮在我身邊炸響。

「來啊，再來啊！你還想把我變成什麼？」炮字妖哈哈大笑。

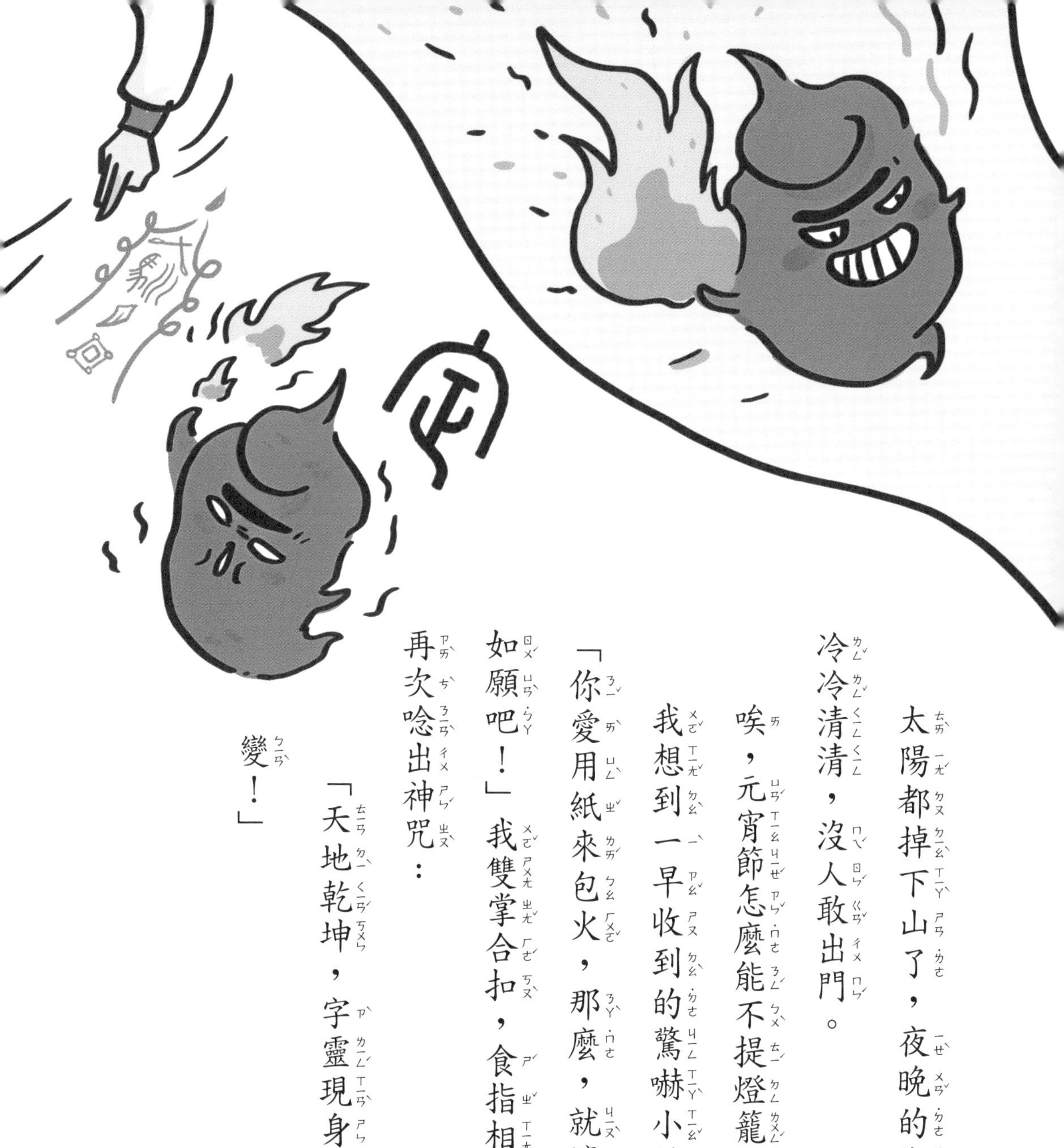

太陽都掉下山了，夜晚的街道冷冷清清，沒人敢出門。

唉，元宵節怎麼能不提燈籠呢？

我想到一早收到的驚嚇小禮。

「你愛用紙來包火，那麼，就讓你如願吧！」我雙掌合扣，食指相貼，再次唸出神咒：

「天地乾坤，字靈現身——

變！」

炮字妖愣一下，看看自己的手腳。

「哈哈，沒變嘛！馴字師？哼，我看是騙大師吧！哈哈哈……」他的笑聲還沒消失，身形忽然四下散開，分身成無數個小火點。

「去！」我雙手如天女散花，把炮字妖散進人間的燈籠裡。

一盞兩盞……地上的燈籠紛紛亮起來。

「啊，燈籠亮了！」小朋友開心大叫：「提燈籠嘍！」

一盞兩盞……街上出現好多盞燈籠。

炮聲消失，夜晚熱鬧起來。

苞苞俠抓抓頭。「你把炮字妖變不見了？」

「沒有，」我笑笑說：「我只是幫他找到一個家。」望著地上亮起來的街道，我忍不住傳聲給炮字妖：「當火炮多嚇人？在燈籠裡當被紙包起來的火，多溫馨？」

我沒聽到回聲。

街道上，燈籠燦亮，火樹銀花。看來，炮字妖很喜歡他的新家呢！

2
火旺旺的城
我在燒開水。

壺水咕嚕嚕冒出水泡。

「燒開了！燒開了！」苞苞俠像風一樣出現在我面前。

「我知道水燒開了。」我把水壺提起來，泡茶。

「不是說水燒開了！」苞苞俠擦擦汗，「我是說所有東西都燒開啦！」

「什麼意思？」我聞聞茶香。

「哎呀！就是——」苞苞俠一急，話都說不清楚，乾脆用唱的：「水燒開了？沒什麼。房子燒開了？我的媽！雲燒開了？我的媽媽！天燒開了？我的媽媽媽媽！」

看來這個字妖厲害，害苞苞俠都口吃了！我放下茶杯，「在哪裡？帶我去。」

苞苞俠從袖子裡掏出一頂小帽子，戴在頭上。

「自動灑水器！那地方太危險，要先保護好。」他還分我一頂。

「謝謝，不用。」我才一揮手，轉念一想，又接過來收進袖子裡。「好！留著備用。」

一陣風來，我們翻身坐到風的背上。

「走，去堯城！」苞苞俠下口令。

咻！

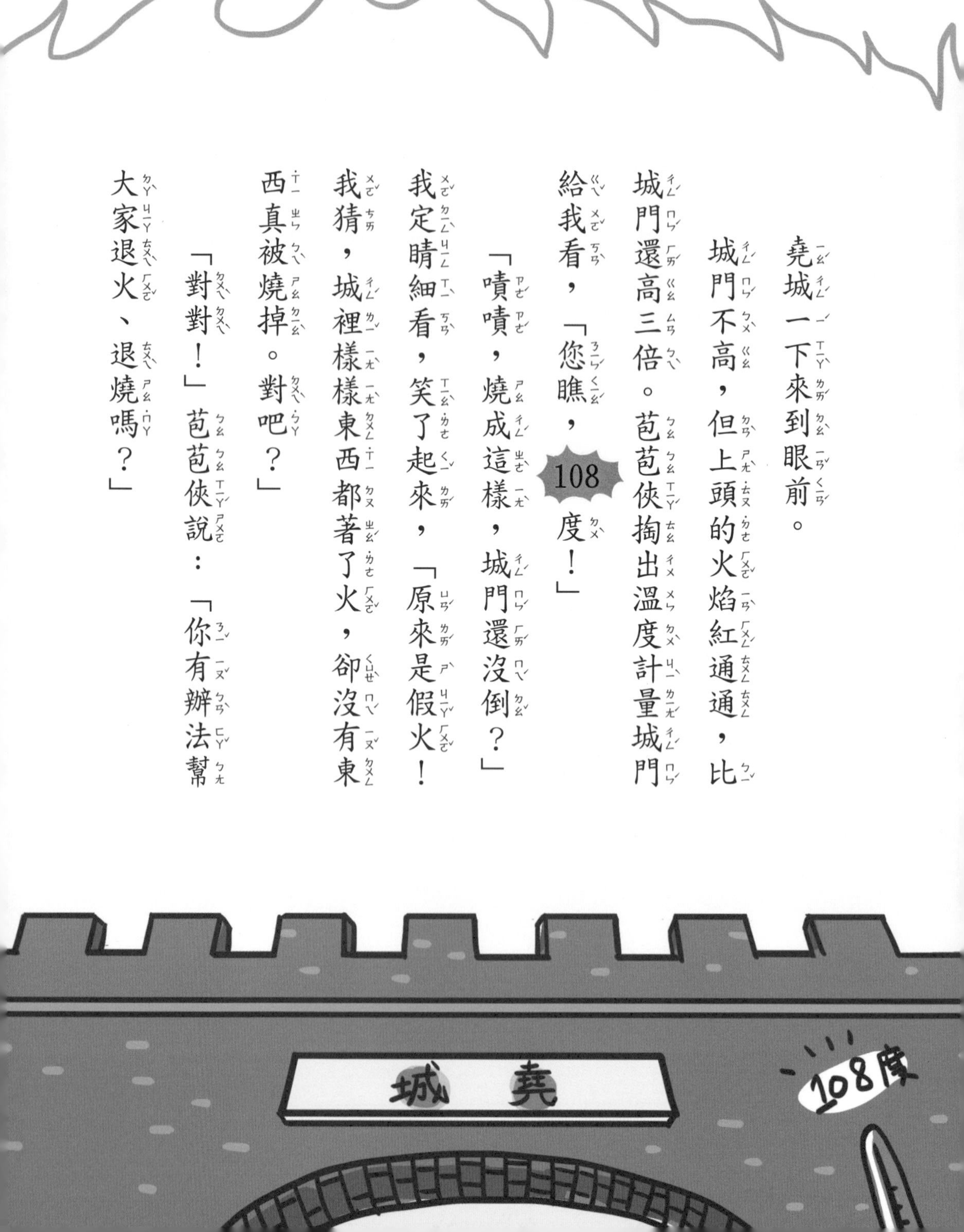

堯城一下來到眼前。

城門不高，但上頭的火焰紅通通，比城門還高三倍。苞苞俠掏出溫度計量城門給我看，「您瞧，108度！」

「嘖嘖，燒成這樣，城門還沒倒？」

我定睛細看，笑了起來，「原來是假火！我猜，城裡樣樣東西都著了火，卻沒有東西真被燒掉。對吧？」

「對對！」苞苞俠說：「你有辦法幫大家退火、退燒嗎？」

「不急，我們先看看。」

走進城門，一片火紅，看得我眼睛都熱起來。

大街上，人來人往，各個頭上三把火。

芭芭俠忍不住問一個老人：「這火，扇子搧不掉嗎？」

「還說呢！」老人一聽就氣得鬍子亂翹，「昨天這火還只有一寸長，被我一搧，竟然爆長到三丈高！」

「那不成了火冒三丈？」芭芭俠用溫度計一量，「哇，48度？高燒成這樣，您還沒事？」

「沒事，這怪火不傷人，只是看得我們心煩！」

老人指指旁邊的小孩，「我看那孩子的溫度比我還高。」

哇！那孩子的屁股熱到58度！

不止人，房子也冒著火，路樹也冒著火。

苞苞俠逐一量去，房子68度，路樹78度。河邊的小橋88度，流水——哇，99度，快燒開了！

「你看到了吧？整座城都在發高燒！卻都是假火。」

「不，有一個是真火。」我四下看了看說。

「真火？在哪裡？」苞苞俠問。

我朝上指了指。

上頭，雲變成了火雲，燙得天空一片火紅。

「雲？」苞苞俠又想去量雲的溫度。

「小心，別碰！」我連忙阻止他，「那雲至少兩千度！」

「兩千度？哈啾！」芭芭俠頭上的噴水器一下子把他噴得全身濕，「它為什麼要燒得這麼可怕？」

「我看它是想把天燒穿吧！」

「呸呸呸，哪個字妖這麼大膽？」芭芭俠氣得吐口水。

「你說呢？整座堯城都在發高燒，全都著了火……」我考他。

「堯加上火是燒！」芭芭俠一拍手，「是燒字妖！」

「沒錯！」我腳尖一點，飛上半空，雙手朝火雲一拱。

「有請燒字妖現身！」

火雲旋身一轉，現出原形。

「哼，你想破壞我的好事？」燒字妖全身火旺旺。

「不敢，」我又鞠了一個躬，「天氣熱，在下只想幫您熄熄火。」

「熄火？」燒字妖大笑：「我想把天燒穿，你卻想熄我的火？休想！」

他一把火噴來，我趕緊閃開。

不知道燒字妖有多少度？我真想量出答案，卻不敢碰他。

燒字妖飛捲而來，我連忙往上蹦。

「想逃到天上去？」燒字妖大喊追來。

我迅速往上，連續蹦了幾百下。

當腳尖點到天的肚子，我立刻借力使力，反身衝下。

「哈哈，自動送上門來？」下頭的燒字妖張開大嘴，哈哈大笑。

我從懷裡取出自動噴水器，一個旋身，準準戴上燒字妖的頭上。

甘泉灑下，火去水來。

我大喝一聲：「天地乾坤，字靈現身——定！」

「燒」字妖左旁的火字邊，立刻被甘泉水取代，變成了「澆」字妖。火雲變成了水雲。

「淅瀝瀝！嘩啦啦！」一陣好雨澆下，堯城的假火瞬間熄去。澆字妖還想再灑雨，我連忙阻止他。

「澆兄，遠處有一個沙漠正乾旱著呢！您不妨前去玩個痛快。」

「真的？太好了！吾去也！」

水雲遠去，空氣變得清清涼涼，堯城又恢復了正常。

3 沙城故事

我在炒飯。

打了蛋，灑了蔥，咦，爐火怎麼越變越小？

「你在做蛋炒飯？太棒了！」苞苞俠從窗外瞧見，跳下微風，拍拍風的屁股說：「風兒，謝謝！下次再麻煩嘍。」

他隔窗望進來，「火這麼小，怎麼炒？嘿，我想到一件事，唱給你聽！

「有座城，出怪事！

吃冷麵，喝涼粥，冰棒、涼水樣樣有。

就是想要吃熱食？沙漠找鯨魚——沒有！」

「你一唱歌就沒好事，」

我瞪他：「哪一座城出了怪事？」

「沙城。去不去？」

「當然去。」我熄了火，走出門。

苞苞俠抬頭看看天，「真可惜，我剛剛才把微風送走呢！」

「去沙城當然不坐微風。」我朝空中一招手。

天空瞬間變暗，一股狂沙襲來。

「沙塵暴？」苞苞俠嚇一大跳。

「走吧！」我拉起他，鑽進沙塵暴。

再穿出來，沙城已在眼前。

沙城是一座魔幻城，樣樣東西都是沙子做的。

沙屋、沙橋，沙駱駝，就連沙河裡，流的都是沙子。

住在裡頭的沙人也是「沙子人」。

世界上大概沒有比這裡更乾旱的地方，看著都覺得口渴。

眼前是一塊市集空地，許多沙人在做日光浴。

「芋仔冰！芋仔冰！」有人吆喝。

「來兩枝！」我分一枝給芭芭俠。

「哦耶！」芭芭俠呼了一口大氣，「還是冰冰涼涼最過癮！在這裡怎麼可能有人想吃熱呼呼的食物呀？」

「客倌您不懂，」小販說：「我們沙人愛熱、愛熱食，越熱越旺。這些涼品只賣給觀光客，我們根本不愛。」

一個做日光浴的沙人忍不住說：「我們做菜都愛大火快炒，最近不知怎麼回事？家家戶戶的爐火都點不燃，炒不出菜。大家都悶出一肚子火，只好出來曬太陽！」

「哦？這麼奇怪？」我問他：「方便到您家廚房看一下爐火嗎？」

「何必跑那麼遠？」小販說：「我這裡就有個爐子，本來是賣熱炒的，現在只能炒空氣。」

我試了一下，爐火果然點不著。

「是哪個字妖在作怪？」苞苞俠問我：「八成跟火字邊有關，對吧？」

我正想回答，一陣熱風由爐火中竄出來。一個字妖出現眼前。「在下炒字妖是也！」

沙人全嚇得跳起來。

「哇哇，第一次有字妖主動現身？」

苞苞俠摸摸自己的額頭，「我沒發燒，沒看走眼吧？」

「哼，您是馴字師是吧？」炒字妖沒理他，直直看向我，「敢問您要怎麼收拾我？」

「不敢不敢，無名無姓，馴字師正是在下鄙人我。」我忙行一禮。「請問您怎麼鬧起脾氣，把爐火都弄熄了呢？」

「哼，我以前太笨！最近才有人告訴我，炒是火加上少，我的天命是要讓火少一點！」炒字妖氣憤的說：「以前不知道，還拚命幫大家生火快炒！真是笨。」

原來如此！我取出扇子搧搧汗。

「你的技倆我都摸清楚了！」炒字妖說：「移形換位法——把我們的偏旁換來換去，對吧？你是要把我改成吵字妖？天天吵來吵去？還是改成抄字妖？讓我抄起傢伙來打你一頓？」

「想得美！是要把你變成鈔！最好是千元大鈔，拿去商店花掉！」苞苞俠對他吐舌頭，「不然，就是把你變成妙，嘿，一個美少女喲！要不要？」

炒字妖張嘴就吐出一口烈火，我忙用扇子一搧，把烈火定在半空中。

「哇哇哇，燙燙燙！」苞苞俠嚇得連退三步。

「小販，您販車裡有什麼食材？」我問。

小販攤攤手，「什麼都沒有，只剩下一把空心菜。」

「好，借用一下。」我把空中那一團火引到爐下，熱起油鍋，放入薑末、辣椒丁、蒜片，炒了兩下。

「好香！」苞苞俠說。

我把空心菜丟下鍋，快炒起來。鍋鏟在鍋子裡快速來去，發出「炒炒炒！少少少！」的聲音。

「炒炒炒！少少少！」

「炒炒炒！少少少！」

「火不夠大，炒字妖，麻煩再給我一把火。」我說。

「臭美！」炒字妖說。

「我看把你變成秒算了，一秒鐘，準消失！」苞苞俠故意氣他。

「轟！」又一團火。

「來得好！」我接過火，丟進爐子下，大火快炒。

鍋子發出歡快的聲音：

「炒炒炒！少少少……」

那聲音真旺，旺得芭芭

俠都唱起歌；

「炒炒炒！少少少！

火在鍋子裡唱山歌。

少少少！炒炒炒！

誰在唱旺旺旺

的火之歌？」

「嘿，這歌聲不夠火！」炒字妖忽然開口吐出一團火。

爐火更旺，炒菜聲更響了：「炒炒炒！少少少！」香噴噴、甜脆脆的快炒空心菜——上桌嘍！

「哇，好久沒吃到熱呼呼的菜！」沙人一擁而上，盤子立刻空盪盪。

「原來如此，原來如此……」炒字妖喃喃自語，朝我一拱手，「謝謝您！吾去也。」說完一縮身子，化作微光，消失在爐子裡。

「咦，您收完妖了？」沙人小販傻呼呼的看著我，「您施了什麼魔法？」

「沒有啊，」我把鍋鏟還給沙人，「我只是讓他了解自己的名字是怎麼來的。」

「怎麼來的？」沙人抓著下巴，想了半天。「哦！炒字中的少不是指火要少，是指炒菜的聲音。」

我點點頭。「謝謝您，您也幫了大忙喔！」

回到家，爐子的火也旺回來了。

我快炒兩下，炒好蛋炒飯。

「請我的？」芭芭俠笑咪咪的問。

「不是。」我敲敲隔壁的門。

老婆婆打開門，「今天怎麼這麼晚啊？」

「不好意思！老婆婆，請用午飯。」

4 爆米花事件
我在沖澡。

芭芭俠在窗外唱歌：

「夏日炎炎，沖澡涼涼。有人舒服，有人遭殃。你這兒——水珠花花！他那兒——火星花花！」

我穿好衣服，走出門。「哪裡又有怪事？」

「想知道答案？」芭芭俠眨眨眼睛，「先請我吃爆米花！」

爆米花？那有什麼問題，我也想吃。我們招來南風……

咻一下飛到市街上。

賣爆米花的卻收攤了。

不對，應該說整條街都收攤了。

「嘿，你不是想吃爆米花吧？」我瞪一眼苞苞俠，「是想帶我來案發現場。」

「哈，猜對了！」苞苞俠展開披風，開始投影。「很精采喔，請您仔細看。」

來來往往的人影疊上空空盪盪的市集，眼前又是事發當天的熱鬧影像。

「爆米花——要爆嘍！要爆嘍！」小販大聲吆喝。

「哇！」幾個小朋友嚇哭了，一旁的大人哈哈笑。

「爆——」好大一聲，米花瞬間爆開——

是真的爆開！

滿天爆開的米花，像蒲公英四下飄飛。

「哇，燙燙燙！」被米花碰到的人全跳起腳、哇哇叫。

不一會兒，那些米花又聚攏回來，半空中形成一個爆米花人。

「哇，妖怪！」所有人都嚇壞了，邊叫邊逃開。

爆米花人哈哈大笑，朝四周彈出一粒粒米花。

「爆！」路樹變成爆米花樹。

「爆！」房子變成爆米花房子。

「爆！」白雲變成爆米花雲。

這裡「爆！」「爆！」

那裡「爆！」「爆！」

爆米花人好像想把整座城都爆開來。

他轉頭直直看向我們，忽然，「爆！」一聲從畫面中跳出來。

跳到我們的面前！

「哇哇哇，這是什麼魔法？」

芭芭俠嚇得躲到我身後。

「爆字妖您好！」我朝他一拱手，「您看到我們就忍不住跳出來，是想跟我們交朋友嗎？」

「朋友？哼，誰需要？我沒朋友！」爆字妖朝我甩來一串米花，「我是要爆掉你們，看招！」

我趕緊跳開。

苞苞俠閃避不及，屁股上「爆！爆！爆！」一陣亂響。

「哎呀，我的媽！」苞苞俠慌忙跳上雲頭，躲得老遠。

「大熱天，火氣這麼大？」我取出扇子，對爆字妖招招手。「我來幫你滅滅火！」

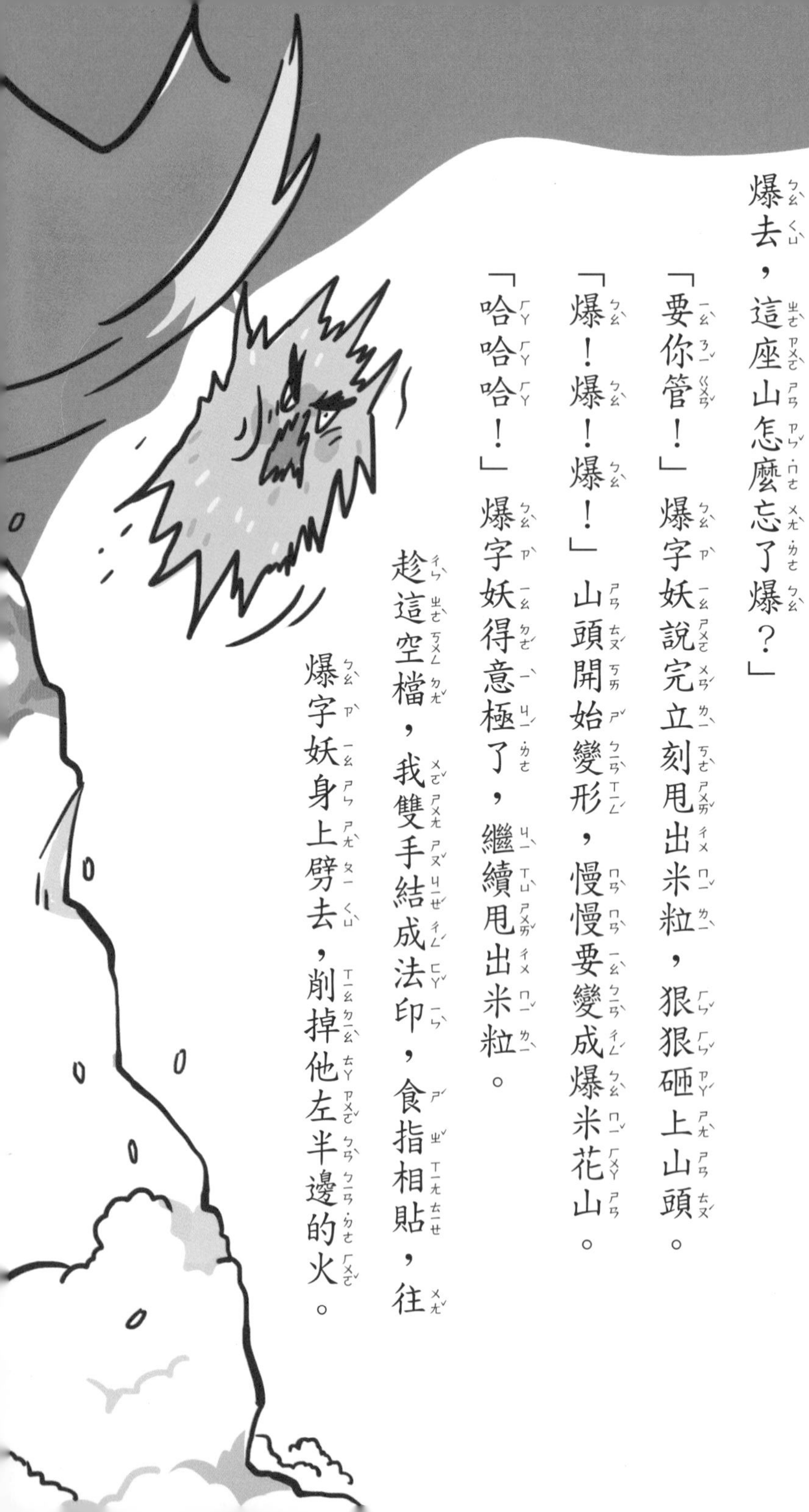

「滅火？怎麼滅？」爆字妖大笑。

「跟我來不就知道了！」我引他到山壁邊，笑他：「你爆來爆去，這座山怎麼忘了爆？」

「要你管！」爆字妖說完立刻甩出米粒，狠狠砸上山頭。

「爆！爆！爆！」山頭開始變形，慢慢要變成爆米花山。

「哈哈哈！」爆字妖得意極了，繼續甩出米粒。

趁這空檔，我雙手結成法印，食指相貼，往爆字妖身上劈去，削掉他左半邊的火。

我右手一招，招來山泉水，往他身上一安。

天地乾坤，字靈現身——定！

火去水來，爆字妖瞬間變成瀑字妖。

一道瀑布從天而降，清清涼涼掛在山壁上。「淅瀝瀝！嘩啦啦！」清涼的水花四處飛濺。山鹿、白兔、小麻雀開心的飛過來，在瀑布下喝水、玩水。

沒多久，幾位樵夫發現了，也開心的走過來戲水。「您瞧，火花四濺，沒人敢來。」我朝瀑布大聲說：「水花四濺，多麼歡快？」

瀑字妖沒說話，只是發出更大的水聲。看來，他很期待更多動物、更多人來到他的身邊玩耍呢！

5 深夜裡的火點

我在讀書。

夜晚的燭燈忽然閃滅兩下，跳出兩團小火點。

「燭字妖！」我看向其中一個。

「燈字妖！」我看向另外一個。

「哈哈，馴字師很用功喔，這麼晚還在讀書！」燭字妖跳上窗口，回頭對我扮鬼臉。

「想來馴服我們嗎？」燈字妖也跳上窗口。

「別跑——」我撲向窗口，他們早跳了出去。

我追出門，和正要進來的苞苞俠撞個滿懷。

「哎呀！」苞苞俠大叫一聲，跌在地上。

「你有看到燭字妖和燈字妖嗎？」我扶起他。

「字妖？沒有啊。」苞苞俠捂捂頭說，「倒是看到兩顆火流星，咻的往西北方跑去了！」

「哦，」我望向西北方，一片黑暗，什麼都瞧不見。「手腳真俐落！」

「哪裡，哪裡，沒有啦。」苞苞俠以為我在讚美他，不好意思的抓抓頭。「我只是在第一時間跑來通知你啦！」

「什麼事？」我問他，「還有別的字妖？」

「嗯。」芭芭俠說：「小竹林您知道吧？」

「當然。」我點點頭。

「它著了魔！」芭芭俠說：「想去看嗎？」

「當然。」

我們乘著夜風，立刻飛到小竹林。

一片火紅！

小竹林變成了小火林——一片會走路、著了火的林子！

「妙哉！妙哉！」我拍拍手，「有請焚字妖！」

小火林裡跳出一個火紅身影。

「這麼快就猜到是我？」焚字妖朝地上吐了一口小火焰。

「這有何難？林加上火是焚，我也猜得到！」苞苞俠搶先說。

「呵呵，猜到歸猜到，想降伏我？除非下雨，萬萬不能！」焚字妖又吐出一口火焰。這回是朝著我們來，苞苞俠慌忙跳開。

「感謝提醒！」我翻身跳上雲頭，念起神咒：「在下正好略懂一點祈雨術。」

雲氣集結，濃密的雨雲中響起滾滾雷聲。我雙手結成法印，左手把閃電引下去，「轟隆！」一聲將焚字妖分成兩半。我右手忙把雨水引下，灑到他身上。火去水來，焚字妖瞬間變成淋字妖。

「夏夜裡，來一場及時雨，大家都會感謝您喔！」我朝淋字妖拱拱手，翻身回到地面。細雨灑落，小竹林又回復成原來的青綠模樣。

「漂亮！」苞苞俠幫我拍拍手，「您太厲害了！」

「厲害？」我搖搖手，皺起眉頭。「不不，你不覺得太簡單了嗎？呵，有一個人比我更厲害！我差一點就被騙過去了。」

「您是說燭字妖？還是燈字妖？」苞苞俠問。

「都不是，」我招來一朵祥雲，「走，我帶你去會會他！」

6 不周山下的字妖

不周山下，一個人面蛇身的大神，低著頭，氣呼呼的蹦跳著，一頭紅色長髮在風中狂舞。

「共工，您又想撞不周山？」我連忙阻止他，「您上次跟火神大戰，吃了敗仗，一氣之下撞倒不周山，害天空破了個大洞。要不是女媧娘娘把天空補好，人類不知道要過多少苦日子？」

「哼，就是要人類過苦日子！」共工抬起頭，兩眼火紅。「我跟火神祝融水火不容，可惡的人類

居然喜歡火神、討厭我，太可恨！太可恨了！」

他越說越氣。「火神有什麼好？沒有我水神，河川能有魚？水田能長稻？江河湖海那麼廣，居然比不上一點星星之火？」共工越說越生氣，「人類真是豆子眼睛、偏心鬼！不給他們一點教訓，怎麼知道我水神共工才是大英雄？」

「大英雄不會做這種事，」我淡淡的說，「你鼓動那些火字妖出來作亂，就是想讓人類討厭火神？」

「是又如何？」共工倒不否認。

「呵，還讓我在無意間變成幫凶——幫一些火字妖改頭換面，變成水字妖？」

「我可不會謝你。」共工嘿嘿冷笑。

「不過，我倒很想幫你。」我微微笑。

「幫我？」共工眉毛豎了起來，

「幫我什麼？」

「幫你除妖啊。」我淡淡的說：「白忙了半天，原來真正的字妖在你這裡。」

「什麼意思？」

「火神為人類帶來光明，帶來希望，人類當然喜歡他。哦不，說喜歡不對，」我加重語氣，「是敬愛，是崇拜！」

「你說什麼？」共工的臉色鐵青，眼睛都快噴出火來。

「你動不動就發大水，哪有火神那麼偉大？怪不得人類喜歡火神，討厭你。」

「你……你胡說！」共工仰天大吼。

「就是現在。」我朝他心中一引，大喝一聲：

「出來！」

一個火紅字妖從他心中跳出來。

「忌字妖，你終於現身啦！」

忌字妖渾身都是鏡子，火焰般的鏡子。

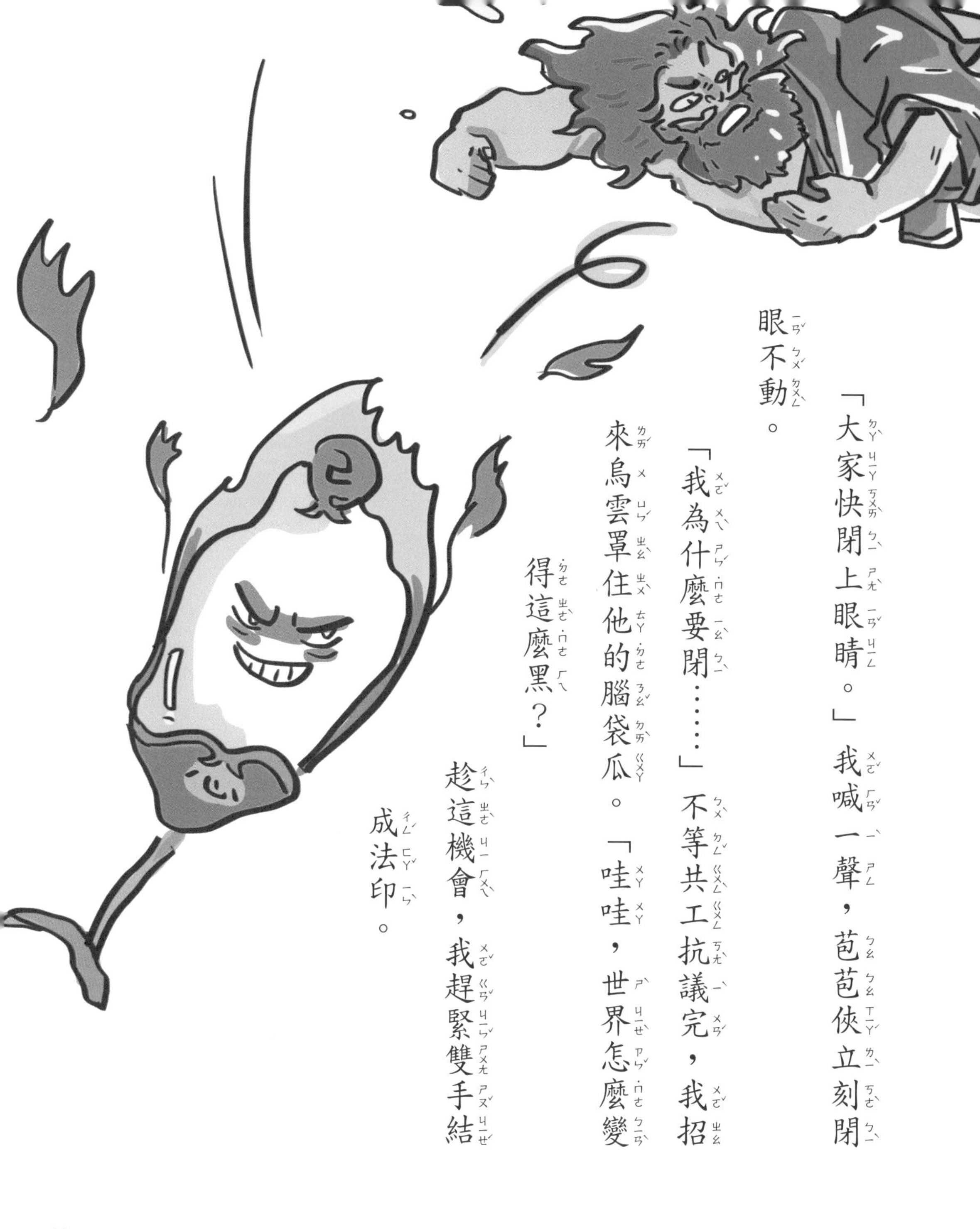

「大家快閉上眼睛。」我喊一聲，苞苞俠立刻閉眼不動。

「我為什麼要閉……」不等共工抗議完，我招來烏雲罩住他的腦袋瓜。「哇哇，世界怎麼變得這麼黑？」

趁這機會，我趕緊雙手結成法印。

「想除掉我？」忌字妖嘿嘿冷笑：「你連看我一眼都不敢，怎麼除掉我？」

我忍不住瞄了他一眼。

啊，我看到宇宙中另一個更厲害的馴字師，更高大、更帥氣，萬人景仰。一股忌妒怒火瞬間湧上……

我趕緊閉上眼睛。

「懦夫！丟臉鬼！不敢看啊？」忌字妖激我。

我深吸一口氣，定心靜神，催動起神咒。

「咦？」忌字妖站不穩，他下方的「心」不斷脹大，脹大，再脹大……

「啊……」忌字妖上頭的「己」被下頭的「心」脹掉，跌落下來。

「你在幹什麼？」一旁的共工捂著胸膛，好像心口發疼。「你你你……」

來得正好！

我把共工嘴裡的「你」收過來，安放在「心」字上。

「宇宙乾坤，字靈現身——定！」

你加上心是您。

我把閃著金黃柔光的「您」字安回共工的胸膛。

「哎呀！」共工大叫一聲，往後一倒。

苞苞俠張開眼睛，害怕的問：「他沒事吧？」

「沒事。」我扶起共工。

共工緩緩坐起來，眼神安靜下來。

「咦，怎麼回事？」他抓抓紅色的頭髮，「我好像做了一場惡夢。」

「你醒來了？」我笑笑說；「醒來就好。」

「您是……」共工對我拱手施禮。

「無名小卒。」我拱拱手說：「天地間的一個過客。」

「天地間的過客？」共工喃喃念著這幾個字，

輕輕點了點頭。「呵，天地如此廣闊，我們如此渺小。誰不是天地間的過客呢？」

他緩緩站起來，朝我又施了一禮。「謝謝您！我覺得好疲倦，想去林子裡休息一下。告辭了。」

我們拱手而別，溫暖暖的朝陽正好昇上林梢。

7 火的反面

我在泡茶。

苞苞俠在發呆。

「想問我？」

「不想。」他說。

「那我問你。」我逗他，「這陣子出現的字妖，都有什麼特點？」

苞苞俠扳起指頭數：「炮字妖、燒字妖、炒字妖、爆字妖、燭字妖、燈字妖、焚字妖……咦，都是火字邊？」

「嗯。」

「不對啊！」苞苞俠精神來了，「都是火字邊，那不應該是火神搞的鬼嗎？」

「也有可能。」我點點頭，「燒字妖、爆字妖、焚字妖我是怎麼馴服的？」

「您把他們都變成水字邊的澆、瀑、淋。」

「對，一開始我以為是我主動的想法。」我拍拍臉頰，「等到燭字妖和燈字妖一出現，我直覺就想把他們變成濁和澄——又是水字邊！」

「你被催眠了？」芭芭俠瞪大眼睛。

「不，」我搖搖頭，「只是被利用了而已。」

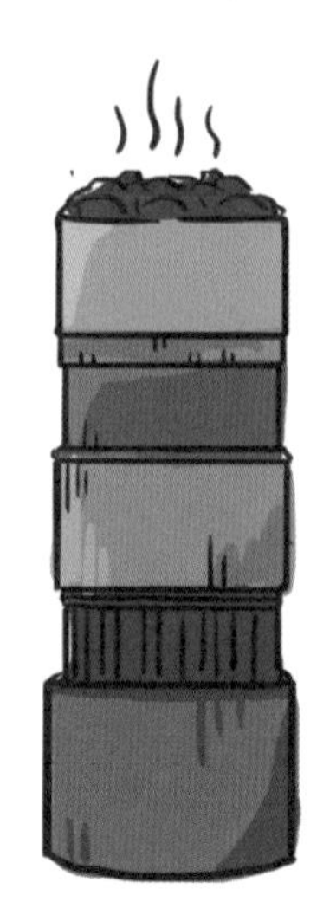

「火去水來，火去水來！這讓我想起以前水神和火神的大戰。」我敲敲額頭，「果然，是水神共工的忌妒心在幕後搞鬼。」

「哼，水火不相容，大家都倒楣！」苞苞俠皺起眉頭，「水和火為什麼就不能合作？」

「當然可以。」我倒了兩杯茶，「這茶香就是水和火合作出來的啊！」

爐火小紅，茶水翻騰。嗯，這茶味……還真是香！

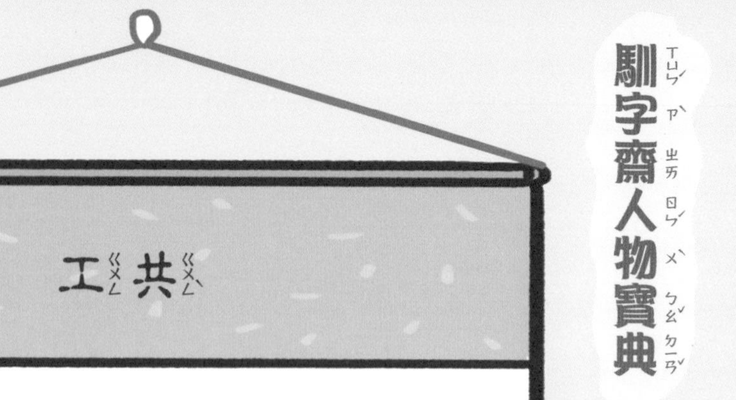

共工

水神，人面蛇身，脾氣十分暴躁。與火神祝融大戰，戰敗，怒觸不周山。天空往西北方傾斜，日月因此都往西方落下；大地往東南方塌陷，江河因此都往東南方流。

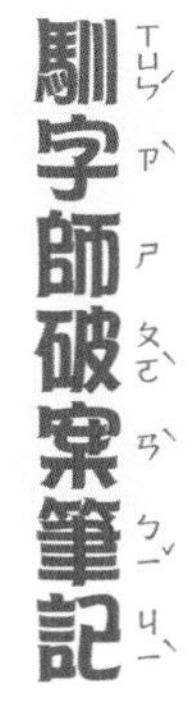

馴字師破案筆記

「忌」與「您」：這次任務的關鍵字！一個讓人忌妒，心中狂亂而不能平靜。一個讓人懂得尊敬別人，時時為別人著想。心如果是一條小船，上頭只載自己好嗎？還是要懂得載別人？這真是一個大學問啊！

苞苞俠不懂筆記

1

炮、燒、炒、爆、燭、燈，
都是火字邊的字，
右邊是它們的古代讀音。
現在，哪幾個字
仍然可以「有邊讀邊」？
哪些字不能「有邊讀邊」？

2

焚，是「用火燒樹林」的意思。
淋，卻不是指「用水沖林子」！
難道「淋」和「燈」的
造字原理一樣？

3

這一集火字邊的字妖，
都可以替換成水字邊。
還有哪些火字邊的字也可以
替換成水字邊呢？

4

古代的水火大戰，
火神打敗了水神。
不知道現代字典裡的水火大戰
是誰贏誰輸？
是火部首的字多？
還是水部首的字多？

叩叩叩！
開門，有快遞！

咦，孫悟空！你當快遞？
兼差不行嗎？火神託我送來小禮盒。

快拆快拆，
裡頭是什麼？

哇，又是火！還會分身術？

我們是雙胞胎火！
代替火神來答謝兩位。
燙燙……不會吧，你們要留在這裡？

沒錯，我們兄弟倆要與兩位常相左右，永不分離。
不會吧——！

大聖，可否借根寒毛一用？

兩位可會疊羅漢？
那有何難！

天地乾坤，字靈現身——定！
毛+炎
哇，變成毯子了！
這條地毯暖呼呼，不怕冬天凍腳丫，請大聖代謝火神！
吾去也！

嘻，好舒服喲！謝謝火神！